AF404814

AXIANE OV

L'AMOVR CLANDESTIN.

TRAGEDIE

Ou se remarque la ruze d'vn Amant, qui
achapte la mort de sa maistresse, au
prix de la vie de son Riual.

*Autant admirable en ses effects, que
ingenieuse en l'inuention de ces vers.*

A ROVEN,

Chez LOVYS COSTÉ LE IEVNE.

Auec permission, suyuant l'Arrest de la Cour.

ENTREPARLEVRS.

Axiane.
La Nourrice.
Le Roy.
Le Duc de Saxe.
Le Page.
Lu Duc de Medine.
Le Conseiller.

AXIANE, OV L'AMOVR CLANDESTIN.
TRAGEDIE.

Acte premier.

Axiane, la Nourrice, le Roy, le Duc de Saxe.

Axiane.

SOullas de mes ennuys, toy qui dés la mammelle
Me print inreprochable en ta saincte tutelle,
A qui tous mes desirs i'ay laissé gouuerner,
Et qui salaire aucun ne peut reguerdonner,
Autre moitié de moy, autre ame de mon ame,
I'implore ton secours au milieu de ma flame,
A qui mon estomac sert de rouge fourneau,
Qui r'alume mon œil d'vn continu ruisseau,
Qu'augmente mes souspirs, dont la santé pressée
Resemble vne tourmente au riuage forcée:
Helas! ce triste iour que tu m'auois predit
La ioye & le repos à la fois interdit,
Ie meurs cent mille fois, & cent mille en vne heure,
D'vn trait d'Amour blessé, incurable blesseure,
Amour ce grand dompteur à ce coup, à ce coup,
Malgré tous mes efforts me conuient faire ioug,
Ie cede à son pouuoir & recognoy ma faute
De penser resister à sa deïté haute,
De penser m'afranchir vne commune loy
Qu'establit la nature & enseigne de soy,
Qu'obseruent les Dieux mesme, & ne peuuent en-
    freindre,

A 2

Encor que leur pouuoir autrement ſoit à craindre,
Pourquoy plus te depeindre vn tourment amoureux
Qui parle deuant tous à mon fronc langoureux,
Pourquoy t'illuminer vne choſe ſi claire,
Mais las ! pourquoy pluſtoſt ma honte ne te taire,
Ne mourir ſans opprobre, há ces perplexitez
Bourrellent mes eſprits de deux extrémitez :
Le chemin commencé maintenant ie veux ſuiure,
Tantoſt m'en deſiſter en delaiſſant de viure.

La Nourrice.

Pourueu que voſtre amour, fondé deſſus l'honneur,
S'attache en digne lieu, cela n'eſt que bon heur ;
Ce n'eſt qu'vn aiguillon qui point les belles ames
Deſormais, deſormais pour les jugalles flames
Meure dans vous, pouuez faire l'election,
D'vn party reſpondant à voſtre affection,
Comparable de ſens, renommé de vaillance,
Mutuel enuers vous de chaſte bien-veillance,
Le pluſtoſt vaut le mieux, puis qu'vn aſtre malin
Rend voſtre frere mort, cêt Empire orphelin :
Voſtre frere rauy de la parque felonne
N'aguere aux grands hazards de l'horrible Bellonne :
Há que ie le regrette ! há quel eſpoir c'eſtoit,
Et les yeux & les cœurs de tous il enreſtoit
Vne rare valleur eſgalloit ſon courage,
L'vniuers deſſous luy menacé de ſon aage,
Des boeſmes vn iour eut embouché le mors,
Diſpencé de ſi toſt veoir le regne des mors :
Or dites, reprenant nos premieres briſées,
Qui vous a dans le ſein ces flames attiſées,
Le nom de ce vainqueur des mortelles beautez,
Beautez ne conſpirant iadis que cruautez,
Beautez ne reſpirant iadis que la ruine,

De nature & du Dieu qui le monde domine.

Axiane.

Seulle ne voy-tu pas ces regards de pitié,
Qui defcochent au but de ma neufue amitié,
Qu'inceſſamment le Duc de Medine m'attache,
Des finilles de feu qui dans mon fain ce cache,
Vois-tu point en ces yeux les fleches de l'amour,
Et d'ou ils font fans nuict vn agreable iour,
Peut bien me tefmoigner la graue modeftie
Que fa face contient en chacune partie,
Et plus la pieté de fon bras valeureux
Qui change noftre crainte en vn repos heureux:
Ce heraut indomptable à fecouru mon pere,
Ia ja preft d'encourir vne extréme mifere,
Affiegé d'ennemis plus nombreux plus efpois
Qu'au plus beau de l'Efté le fueillage des bois;
Il perdoit en vn coup & fa gloire & fa terre,
Sans le braue renfort de ce foudre de guerre,
Sans cêt Alcide preux du foible deffenfeur,
Sans l'aufpice duquel ny a rien que de feur;
Il graue ma penfée, il eft Pvnique idolle
De mes veux incenfez au tourment qui m'afolle.

La Nourrice.

Ainfi que le metail s'alie au plus prochain,
Vous vous affortiffez l'honneur du genre humain,
I'acorde voftre chois, ie vous promets ma peine,
Encor que bien parler ie la repute vaine,
Pendante du vouloir d'vn pere qui peut tout
En ce nopcier hymen, où conioint ou diffout.

Axiane.

La diffoudre Nourrice, au parauant le monde
Retomberoit diffous dedans la nuict profonde,
Qu'il m'aime feullement, i'en fupplie les dieux,

Aussi seuerement que tesmoigne ces yeux,
Alors certes alors, ny crainte paternelle
Non, me deut sa rancueur pourchasser eternelle,
A ma rebellion proposer cent trespas,
Ie ne démarcheray de mon proiect d'vn pas,
Ie ne consentiray qu'homme viuant me touche,
Qu'en qualité d'espoux, ou qu'il entre en ma couche.

La Nourrice.

Parlez modestement, auec plus de respect,
D'vne impudicité le propos est suspect,
Car en luy resistant vous allez au contraire,
Ce qu'vn pere commande il nous le conuient faire,
Mouller entierement tous nos plaisirs au sien,
Luy reseruant le droit de nature ancien,
Le droit de vous donner la place en l'hymenée,
Telle que sa presence aura determinée.

Axiane.

On s'en peut bien remettre à sa discretion,
Lors que nous nous sentons libres d'affection,
Qu'vn lien paternel nos courages n'oblige,
Autrement de ma part ie repute prodige,
Prodige dessur tous monstreux de cruauté,
Qui force mon desir?

La Nourrice.

Ce n'est pas nouueauté
D'oüir nos passions l'équité contredire;
Mais vous vous tourmentez d'vn occieux martire,
Le Roy si sa promesse aillieurs ne l'engageoit,
A ce qu'il veut penser, ie m'asseure songeoit,
Vous le donner d'espoux à la moindre demande,
Heureux d'vne aliance & si noble & si grande.

Axiane.

Cypris mere d'Amour, mere d'vn puissant fils,

Si oncques pour l'amour quelque chose tu fis,
Fais Deeſſe qu'il ſoit à ma voix exorable,
Hé comment ? hé comment, y rois-ie déplorable,
Y rois- ie èuergongnée vn mary demander,
Monſtrant que ie ne peux à mes feux commander,
Qu'vne rage d'Amour ma pudeur eut domptée?
Há ! ie verray pluſtoſt la riue acherontée,
I'aymre mieux le treſpas.

La Nourrice.

Pluſtoſt en la façon
Le Roy ne conceuant qu'vn ſiniſtre ſoupçon,
Préuoir vne autre voye, & moins on ſe hazarde,
Depuis que vous l'aimez ny auez point pris garde,
S'il vous reciproquoit d'vne ſainte amitié,
Soit eſlançant piteux des regards de pitié,
Quelquefois en priué, ſemant de gaillardiſe
Les apas d'vn hymen ſelon voſtre hantiſe.

Axiane.

Tous les ſignes muets qui ſe peuuent donner,
Ses yeux de deſſus moy iamais ne decliner,
Sa face à mon obieĉt diuerſement depeinte,
D'vn portrait d'eſperance, & d'vn portrait de crainte,
Des ſanglots coup à coup du profond redoublez,
Du profond de ſon ame, & aux miens aſſemblez;
Si ce ſont d'vn amour auant- coureurs preſages,
Si ce ſont d'vn amour ſuffiſans teſmoignages,
Il m'aime, ie le ſçay, iaçoit que le parler
Ne m'aye encor ozé ces ardeurs exaler.

La Nourrice.

Doncques reſeruez luy ceſte timide glace,
Aſſeurez- le mander qu'il eſt en voſtre grace
Qu'il vous demande au Roy, ſalaire glorieux,

A 4

De ce qu'a fait pour luy son bras victorieux;
Aucuns estimeront ce dessain temeraire,
Mais n'en vois-ie pourtant qu'il soit plus salutaire,
Et l'hymen accomply, on ne demande plus
Quel moyen auez vous pour l'accomplir exclus.

Axiane.

O celeste conseil ! ô sentence diuine,
V a y comme Sibille, & vers moy l'acheminé,
Prend de nostre nauire en main le gouuernail,
Et pour le bien-heurer ne pardonne au trauail.

La Nourrice.

A sa reception soyez preste, & à l'heure
Que gardant vostre honneur ie la trouue meilleure.

Axiane.

Diligente nourrice, & ne regarde pas
De si pres à l'honneur pour sauuer mon trespas.

Le Roy.

Les Dieux remerciez d'vne victoire entiere,
D'vn monde d'ennemis gisans sur la poussiere,
Qui brigands desiroient ma couronne empieter;
Ie ne puis dignement vos valleurs exalter,
Ie ne sçaurois donner de loüange capable
A vostre bon secours, ô guerrier indomptable:
Vous auez ces Geants iniustes déconfis,
Vous auez expié le meurtre de mon fils,
Ces manes satisfait, sa belle ombre appaisée,
Errante maintenant en la pleine elisée,
Et ioyeux de les veoir la bas sacrifiez,
Tant de fiers ennemis prosternez à ces piez,
Pieté qui viura, par vous executée,
Autant que du Soleil la clarté souhaitée;
Pieté qui sans fin les aages suruiuans
Redite beniront leurs exemples suiuans;

Tandis que nos neueux fleuriront d’aage en aage,
Mefme luy conioignant fon inuaincu courage.
O genereufe race ! ô iadis mon fupport,
Tu ne m’es regretable en vne telle mort?
Tu ne m’afflige point; c’eft vne belle chofe
Quand noftre efprit vaillant deffous terre repofe,
Verfé pour fa patrie, & qui d’elle honorez
Nous fommes en leurs cœurs toufiours rememorez,
Comme vn pafteur fon parc eft tenu de deffendre,
Auff le Roy fon peuple, à vn pareil efclandre:
Or pieft de vous donner l’honorable congé,
Ie fuis d’vn foin fafcheux & d’vn doubte rongé,
Ce que ie dois offrir à vos rares merites,
De mon pouuoir, au pris ces forces plus petites,
Pouuez vn cœur royal deuot à l’aduenir,
Et me dy que tu veux d’auantage obtenir,
D v c, honneur des germains, Alcide fecourable,
Que veux-tu emporter pour gage memorable,
Et de ma bien-veillance & de celle des miens,
Fuft-ce ma propre vie, en vn mot tu l’obtiens.

Le Duc de Saxe.

Le gage precieux que de vous ie defire,
Surpaffe de valleur fe redoutable Empire,
Dés long temps ie la brigue, & tout ce que i’ay fait
Digne de gloire ou non, ne fut pour autre effait,
Permets me l’accorder, Monaque magnanime,
Conuenable loyer d’vne vertu fublime.

Le Roy:

Promettre par deffus ma puiffance, comment?
Oncques vn cœur royal aux promeffes ne ment,
Sa parolle n’eft point retractable aduancée,
Dy moy ce que tu as enclos en la penfée,
Moyennant que poffible, & mõ Sceptre & mon chef

Ne t'efconduire point, ie iure derechef.

Le Duc de Saxe.

L'impoffible requis appartient à vne ame
Chez qui de la raifon ne loge plus de flame:
Sire, vous le pouuez, de gendre m'acceptant,
Au comble de mon heur vous m'efleuez content:
I'emporteray de vous en ma chafte conquefte
Plus que ie ne ferois de l'Empire celefte.

Le Roy.

Vraiment en l'vniuers ie ne fçache party
Auquel plus volontiers mon fang fut afforty,
Ta vertu preferable aux riches diadefmes,
Qui du fort eftimez ne peuuent rien d'eux-mefmes,
De ma part elle eft tienne, & croy qu'elle n'ira
Contre ma volonté, alors qu'on luy dira,
Qu'on la face venir, depefchez il me tarde
Qu'Hymen deffus leur lict fa lumiere ne darde,
Et que Iunon defia n'honore de ces fruicts
Leur beau couple royal, apres neuf mois produicts:
Approche mon efpoir, & repare ta face
De tout ce que tu as de beauté & de grace,
Pour receuoir l'efpoux que ie te veux donner,
Qu'autre en nulle façon ne peut parengonner,
Soit qu'a la qualité des ayeux on s'arrefte,
Ou foit à la vertu qui couronne ma tefte,
Il t'ayme il te cherit, & m'a daigné premier
D'vn lien coniugal auec toy s'alier,
Qui de ta chafteté filialle m'affeure,
Qui fon rang & le mien equitable mefure
Qui fait ma volonté te prefcrire vne loy;
Ne le veux-tu pas bien, ma fille refponds moy?

Axiane.

Mon pere ie n'ay plus mon frere hors du monde

Enuie d'efpoufer qu'vne lame profonde,
La douleur me nourrit de larmes ie me pais
Et ne puis fauourer d'autre aife deformais,
M'excufe pour vn temps ce Prince magnanime.

Le Roy.

L'excufe pour vn temps s'aprouue legitime
Mais outre la raifon perfifter en ce dueil,
Seroit directement s'oppofer à mon vueil,
Il le faut imiter, ainfi qu'en toute chofe
Vn compas naturel dans ces bornes repofe,
Il faut ces pleurs tarir reuoquer à leur iour
Le Seigneur efpoufant la lieffe & l'amour.

Axiane.

Si vous auez ainfi conclu ma deftinée
Ie ne vous dediray d'auantage obftinée,
Donnez moy feullement vn an pour le plorer,
Quel terme pourroit moins ces manes honorer.

Le Roy.

Ie me remets du tout à voftre patience.

Le Duc de Saxe.

Sire de la forcer ie ferois confcience,
I'attendray ce bon heur autant qui luy plaira,
Et l'efpoir ce pendant ma flame adoucira.

Le Roy.

Poffible mon confeil la rendra plus contente
On luy adoucira la rigueur par l'attente,
L'excez de la douleur me le prefage ainfi,
Outre vn certain refpect qu'elle me porte auffi.

Acte deuxiesme.

*Axiane, le Page, Duc de Medine, Duc de Saxe,
& la Nourrice.*

Axiane.

IVstes Dieux escoutez mes innocentes plaintes,
Monstrez de mes clameurs vos oreilles attaintes,
Monstrez si ce qu'on dit de vostre grand pouuoir
N'est qu'vn tiltre qui tient les hommes en deuoir;
Monstrez aussi d'effait la puissance conforme,

La vengance se void en nos pechez ènorme;
On me force. on me gesne, au plus libre desir
Qui soit en la nature, on me deffend choisir,
Choisir pour ma moitié vn obiect qui me plaise,
Sans oser respirer, on m'estouffe en ma braise:
Vn pere iniurieux me iette dans les fers,
Qui ne se brise point iusqu'au creux des enfers;
Il me traitte en esclaue, & la vie donnée
Souuent de mille maux par vn vœu d'hymenée:
Las helas ! que feray-ie, afin de diuertir
Cêt orage mutin qui me vient engloutir?
Ou fuiray-ie, ou iray-ie, ou sera ma retraitte,
Pour esquiuer au but de ma ruine preste:
Ou fuiray-ie, sinon entre tes bras aimez,
Tes inuincibles bras, à ma deffence armez;
O espoir de mon mieux, là sera mon azille,
A la protection de toy vaillant Achille,
Ny parens, ni riual ie ne redoute plus,
Là d'vne ame & d'vn cœur nos deffains resolüs,
Si besoin de fuir du danger du riuage,
De courir vagabonds au peuple plus sauuage,
Du Scithe ou du Gelon le pays habiter,
Voire d'vne autre erreur iamais ne s'arrester,
Ie t'accompagneray, plus riche plus constante
Qu'en vn throsne sur toy paisible presidente:
Há qu'il tarde à venir? ie crains de l'accident,
Vn desastre est tousiours de l'autre dependant,
Ma nourrice deuoit il y a plus d'vne heure
Me l'amener icy : Qui cause sa demeure?
Possible elle ne l'a trouué tout à propos,
Ou bien a m'obeir elle le rend dispos,
Pour le mieux au Palais ie les iray attendre,
Fais les haster Amour, qu'il ne me treuue en cendre.

Le Page.

Le flot à plus d'arreſt eſbranlé par les vents,
Les tourbillons d'Eſté ne ſont pas ſi mouuans,
Quand ils font eſleuer vne pleine en pouſſiere,
Et des yeux du paſſant offuſquer la lumiere,
Le forçat qu'vn gomitre ameine en pleine mer,
Quand au milieu du chaud plus fort il veut ramer:
Bref, ie ne ſçache rien comparable à mon Prince,
Depuis que cêt amour les entrailles luy pince,
Il eſt d'impatience agité tellement
Qu'il ne vit vn clin d'œil arreſté ſeullement,
Ores les yeux au ciel, & le cœur vers ſa dame,
Contre elle ſon recours phantaſtique il reclame,
Deteſte ſa froideur, puis ſur ſa cruauté
Trait à trait maintenant il depeint ſa beauté,
Compare ces cheueux au bel or qui rayonne
Sur le char de Phœbus, puis le fronc luy crayonne
D'vn criſtal bien polly ſur ces leures conceu,
Iure què par ſes yeux il a eſté deceu,
Qu'ils n'ōt ǭ trop d'eſclairs pour foudroyer vn mōde
Et ainſi de diſcours en diſcours il ſe fonde,
S'engage ſi auant que le iour eſtoillé
De les pourſuiure vn ſiecle il ne ſeroit ſaoullé:
Maintenant il m'enuoye auecques charge expreſſe
Porter ce beau preſent à ſa chere maiſtreſſe,
Et luy donner ſa lettre, & veoir l'affection
Qu'elle fera paroiſtre à ſa reception,
Me conuient dont vſer de diligence extreſme
Au deffaut menacé d'vne peine de meſme,
L'ire des amoureux y penſant me fait peur,
Ie m'en vay la trouuer ; mais mon œil eſt trompeur,
Où ie voy ſa nourrice & le Duc de Medine,
Qu'icy deſſus mes pas quelque affaire achemine,

Dieux la Princeſſe ſort au deuant, eſcoutons
Que veut ce pourparler de leur veuë eſuitons.

La Nourrice.

De ma promeſſe au moins me voila dègagée,
I'ameine le meurtrier qui vous a ſaccagée,
Decrettez contre luy tel arreſt que voudrez,
Il ſe ſubmet ſouffrir tout ce que reſoudrez.

Le Page.

En ce commencement rien de bon ie n'augure.

Axiane.

Il me contentera pour plus grande torture
De ne plus s'eſlongner ny de plus dedaigner,
Qui veut par tous moyens ſon courage gaigner,
Qui luy preſente vn Sceptre & vne chaſte couche.

Le Page.

Helas! tout eſt perdu, puis qu'en ce point on touche.

Le Duc de Medine.

Madame pardonnez au reſpect du paſſé,
Si iuſqu'icy ie ſuis & ardant & glacé,
Ardant de vos beautez & glacé de l'image
D'vne diuinité qui bruit en ce viſage,
Mortel i'ay redouté le feu du cuiſſe-né,
Et la parque mes iours premier auroit borné,
Qu'eſtinceler deuant voſtre preſence ſainte,
Les brandons decelez de ma flame contrainte,
Ma triſte contenance & mes yeux quelquefois
Suppleent neantmoins au deffaut de ma vois,
Foibles ils ſe tiroient prés de leur panacée,
Et l'eſprit ſoulageoit ma malade pencée,
Que toutes l'ont depuis mes vœux ſont accomplis,
Dedans voſtre courage à ceſte heure ie lis,
Diſpoſez d'vn eſclaue autre office autre grade,
Prez de voſtre grandeur ie ne me perſuade.

Le Page.

Há traitre fuborneur, qu'a furprendre l'oifeau
L'oifeleur dextrement t'imite à fon pipeau.

Axiane.

Helas! ton bon vouloir d'vn cofté me confole,
De l'autre vn defefpoir m'afflige & me defole,
Ie flotte à la mercy de deux vents oppofez,
L'vn me côduit au port, l'autre aux gouffres creufez,

Le Duc de Medine.

Que denotte cela ? Quelque enfant de la nuë
Vient-il deffus mes pas ma flame recognouë,
Soit recognouë ou non, l'inocence n'a point
De pareille raifon pour l'amour qui me point,
Et qui offencera vos deitez mortelles,
Vne peine merite entre toutes cruelles.

Axiane.

Il cuide m'honorer d'vn lien nuptial,
Comme il fe fait auffi grand Prince & martial.

Le Page.

Mon maiftre eft fur les rangs.

Le Duc de Medine.

Pour fa grandeur n'importe,
Et moins pour fa valleur, i'ay la dextre affez forte.

Axiane.

Ta prudence me fait non la force befoin.

Le Duc de Medine.

Permettez que ce coup de ma foy foit tefmoing.

Le Page.

L'ombre de ton riual fa fimple renommée,
Tes brauades pourront conuertir en fumée.

Axiane.

Rentrons dans le Palais de crainte qu'efpiez
Quelque nouuelle trape on ne nous iette aux piez.

                    La Nourrice.

La Nourrice.

Se sera tres-bien fait, vne affaire preſſée
Auec diſcretion prend la fin ſouhaitée,
Iamais la preuoyance au mortel n'a peché,
Et vn pareil deſſain merite eſtre caché.

Le Page.

Dois-ie paroiſtre ou non ma preſence moleſte
Sans doute rediroit l'entrepriſe funeſte,
Me cachant i'ay plus fait & plus executé
Que l'embaſſade auquel l'on m'auoit deputé,
L'ennemi de diſcours plus facille ſe dompte,
Ainſi mon maiſtre peut obuier à ſa honte,
Et reconcilier ceſte ingrate beauté,
Ruinant le complot de leur deſloyauté,
La reconcilier ſans l'auoir offencée,
Cil dont elle eſt l'amour, le ſoucy, la penſée,
Qui ne vit plus qu'en elle immuable de ſoy,
Qui credule ſe fie aux promeſſes du Roy,
Et qui la croit d'vn feu mutuelle embraſée,
Dés long temps, dés long temps elle ourdit la fuſée,
Porte ailleurs ſes deſirs & ſa deuotion,
Ne l'aimant que par feinte,& que par fiction,
En vain il ſemera ſur ceſte ingrate terre,
Vn autre l'vſurfruict de ſa peine y enſerre,
Et ſon meilleur ſeroit de ny pretendre plus:
Mais pourquoy m'amuſay-ie en diſcours ſuperflus,
Retournons-le trouuer, bruſlé d'impatience,
Retournons amoindrir ſa foll' impatience,
Retournons veoir s'il peut amender ſon erreur,
Ou pluſtoſt conuertir ces plaintes en fureur,
Ne l'apperçois-ie pas m'attendant à la porte,
C'eſt luy-meſme? l'ardeur deuers moy le tranſporte.

Le Duc de Saxe.

B

Haſte toy de tirer de doubte mon eſprit,
As-tu mis en ces mains le preſent & l'eſcrit.

Le Page.

La rencontre d'vn tiers rencontre infortunée,
N'a permis m'aquiter de la charge donnée;
Pleuſt au ciel mon ſeigneur qu'vn autre ſpectateur
De ce qu'ores i'ay veu vous fut le rapporteur.

Le Duc de Saxe.

Qu'infere-tu par là; quel tiers & quel ſpectacle
A ce mien mandement ſoit ſuruenu d'obſtacle,
Acheue & ne ments ſur peine.

Le Page.

Há ie voudrois
De bon cœur, derechef eſtre priué de vois.

Le Duc de Saxe.

Me tiendras-tu meshuy miſerable aux alteres.

Le Page.

Vous ſçaurez aſſez toſt ce rengrege miſeres,
I'approche du Palais, & dans la baſſe-court
S'eſpand derriere moy comme vn murmure ſourd,
Ie regarde, & voicy que le Duc de Medine
Ainſi que le voyez guidé de ſa deuine,
Sa nourrice conduit à certain rendez-vous,
Ou ne me voyant point ils ſe rencontre tous,
La Princeſſe à l'inſtant à point nommé ſortie,
Monſtroit bien qu'elle auoit dreſſé ceſte partie,
Meſme au ioyeux acueil à des petits diſcours,
Ne tendant qu'à fonder de nouuelles amours.

Le Duc de Saxe.

De nouuelles amours, impudent temeraire?
Ce n'eſt que la nommer impudique & fauſſaire:
Pourſuis.

Le Page.

Vous vous faschez d'oüir dire la verité,
M'accusant d'imprudence & de temerité.
                  Le Duc de Saxe.
Sçais-tu pas vers chacun la libre courtoisie,
N'empesche là dessus d'entrer en ialousie.
                     Le Page.
Aussi n'ay-ie deduit qu'en somme leur deuis,
Et ne pouuez encor y asseoir vn aduis.
                  Le Duc de Saxe.
Tu fais de l'entendu en chose qui se passe,
A cheue, qu'elle part à-il tant en sa grace.
                    Le Page.
Tant qu'ils s'entre sont au mariage promis.
                Le Duc de Saxe.
Promis le mariage? ô destins ennemis,
Promis le mariage, helas! ce mot me tuë,
Ie mourray parauant que cela s'effectuë.
                    Le Page.
Elle outre plus blasmoit le pouuoir rigoureux,
D'vn qui vouloit forcer son desir amoureux.
                Le Duc de Saxe.
O Cieux ! c'est fait de moy, la perfide inhumaine
Pipe ma loyauté d'vne esperance vaine,
Qu'ont-ils finallement conclu de ce dessain.
                    Le Page.
Le larron qui se void surpris à son larcin
N'est pas si defiant, à l'esgard n'aprehende.
                Le Duc de Saxe.
Helas ! fut-il iamais de trahison plus grande.
                    Le Page.
De sorte qu'en sa chambre elle les à menez,
Craignant de quelque Argus supris espionnez.
                Le Duc de Saxe.

O cieux, hé ! n'as-tu plus de foudres homicides?
De foudres puniſſeurs de nos œuures perfides,
N'as-tu plus de iuſtice à me venger du tort
Qui ne peut remparer, non pas meſme la mort:
Repoſe Iupiter, repoſe ton orage,
Eſpargne-le pour ceux qui manquent de courage,
Ma dextre ſuffira, le crime m'appartient;
Sus donc va le trouuer au Palais ? à quoy tient,
A quoy tient maintenant au ſein de ton amie,
Ton riual de ſon ſang ne laue l'infamie:
A quoy tient que deſia ſous les rudes carreaux
Ie n'ay de l'eſtomach arraché les boyaux,
Pour luy battre la face, & de ſon ſang pariure
Ma vengeance ſaouller, há que le temps me dure.

Le Page.

Temperez mon ſeigneur ce courroux de raiſon,
Chaque choſe ſe rend facille à la ſaiſon.

Le Duc de Saxe.

Il mourra, la raiſon & l'honneur me l'ordonne,
Apres pour aſſouuir, carnaciere Lyonne
Ta gloutte cruauté, i'expireray conſtant,
Et premier que le chois de ma force arreſtant;
Mais premier ie feray le reproche à ton pere
Digne de ton amour & de ton vitupere,
Il maudira l'herreur de ta lubricité,
On peche auſſi ſouuent par la credulité,
L'homme qui s'abandonne à vne ire enflamée
Premier que de ſçauoir tache ſa renommée,
Le repentir n'aduient qu'au cerueau mal raſſis,
Et le crime n'eſt point pour vn crime dèſis,
Le rapport d'vn enfant doit-il mettre en furie,
Toutesfois ce rapport nullement ne varie,
Le terme qu'elle a pris d'vn long dueil annuel

Ce conforme du tout à ce soupçon cruel,
Or me dits s'ils n'ont point leurs paroles oisiues
Muées deuant toy en carresses laciues.

Le Page.

Ie presume qu'elle ait en vn lieu plus secret
Leur couple enamouré qu'elle gardoit discret.

Le Duc de Saxe.

Ta preuue d'vn costé emporte la balance,
Toutesfois ie ne veux apres sa mal-veillance
Inreconciliable assister son courroux,
Nous adoucissons bien le fiel des lyons roux
Le plus ingrat se gagne à force de bien faire,
Ie vay trouuer le Roy, ma complainte luy faire,
En ce temperamment, & de colere espris,
Il ne blasme pas tant ma volage cipris,
Que ce vil suborneur qui ces sens empoisonne,
Qui sous des fers dorez sa franchise emprisonne,
Abuze sa ieunesse, & merite puny
Son offence infinie vn tourment infiny.

Acte troisiesme.

Le Roy, Duc de Saxe, Duc de Medine, Axiane.

Le Roy.

IVpiter qui peut tout qui d'vn vent de parolle,
Trouble les fondemens de l'vn à l'autre polle,
Qui tempeste les airs, qui regit les humains,
Qui le monde forma par l'œuure de ces mains,
Ne sçauroit neantmoins luy ny sa destinée
Retracter vne loy, la mienne estant donnée,

Ma foy eſt vn arreſt inreuocable loy,
Doncques pour ce ſoucy qui te tient en eſmoy,
Axiane compagne à ta couche promiſe,
Son dueil eſtant finy n'aura plus de remiſe:
Ie m'offre derechef ſon plege & ton garant,
Voudrois-tu reculer vn ſi proche parent?
Or touchant le ſoucy qui te martelle l'ame,
La fumée du iour conioincte auec la flame,
L'ombre le corps precede,& la clarté la nuict,
Ainſi ce ver ialoux les amoureux pourſuit:
Vne mouche attachée au flair de leur idolle
Les poinçonne de rage, au profond les aſſolle,
Tout leur deſplaiſt à veoir,tant leur deuient ſuſpect,
Le veritable amour fut né ſous cêt aſpect,
Et ta conception n'ayant ce caractere,
I'eſtimerois la tienne imparfaicte adultere.

Le Duc de Saxe.

Sire,il y a des maux extrémement preſſez,
De honte, au Medecin nullement adreſſez,
Qui doit coniecturer par ſon experience,
Et ſage y appliquer ſa plus rare ſcience,
Ma plainte plus au vif vous vouloir exprimer,
Le ſang contre le ſang impieux animer:
Pluſtoſt ſois-ie butin d'vne rouge tempeſte,
D'vn poiſon forcené,d'vne dormante peſte,
Sire ce point d'honneur me pourroit offencer,
Toutesfois c'eſt à vous plus qu'à moy d'y penſer.

Le Roy.

Dites moy priuément,dites moy comme gendre
Ce qu'en ces mots obſcurs vous deſirez comprendre:
Si la cupidité d'vn deſir furieux
A ſa honte pudique auroit ſillé les yeux,

En ce cas ie promets vne peine exemplaire
Chaſtiant ſa luxure,& ma foy ſatisfaire.

Le Duc de Saxe.

Há, Sire elle a l'honneur par trop recommandé
Et par trop le courage à volupté bendé
Pour tacher ou fleſtrir ſa chaſte renommée,
Autre feu que l'honneur ne l'auroit enflamée,
Voüant à ſon riual ſa diuine amitié,
Temeraire ie ſuis iuſtement chaſtié,
Ie porte dignement à mes defaux complices
De ſa fiere diſgrace vn'amas de ſuplices.

Le Roy.

Au contraire rebelle à mon authorité,
Elle abuſe à grand tort de voſtre humilité,
Ie veux qu'elle vous aime,& qu'elle vous reſpecte:
Or afin que n'ayez ma colere ſuſpecte,
Qu'on la mande l'infame,en ce mien mal-talent,
Ie croy que ſous mes pieds or ie Pirois foullant,
Du moins qu'elle s'aſſeure auoir des remonſtraces,
Qui poindront iuſqu'au vif ces lubriques offences.

Le Duc de Saxe.

Moy Sire que ie fuſſe enuers elle agreſſeur,
Sinon de tout amour & de toute douceur,
Qu'a mon occaſion repriſe forcenée,
La honte redoublaſt en ſon ame obſtinée,
Que ce feu qui ne fait que flamber mollement,
Euſt dequoy en ſon ame ardre eternellement.
Ie ſuply ſeullement à voſtre maieſté
Reietter le courroux contre icelle apreſté,
Mon eſperancce n'eſt du tout encore morte
Qui a-il que le temps bien menagé n'aporte?
A force d'endurer ie verray ſa rigueur,
Vn remors la poindra de tramer ma langueur,

Me preferer celuy qui volage ne l'aime,
Pas tant pour les vertus que pour le diadefme,
Ou à l'extremité vn genereux cartel,
A l'vn de nous fera fauorable ou mortel.

Le Roy.

Puis qu'il te plaift paffer par la plus douce voye,
Et qu'en ce mien courroux ardant ne la foudroye;
Va là trouuer, argue en chacune action,
Sonde l'interieur de fon affection,
Figure luy de loing fa fraude recogneuë,
Et combien elle agrée à mon aage chenuë,
Sa refponfe entenduë, nous prendrons le niueau
Propre à deraciner l'herreur de fon cerueau,
La fubmettre au deuoir, foit de gré ou de force:

Le Duc de Saxe.

Nous l'adoucirons bien d'vne agreable amorce,
Sire, ie m'en fais fort, adieu iufqu'au reuoir.

Le Roy.

Souuiens toy que tu as vn abfolu pouuoir.

Le Duc de Medine.

Certes l'homme naiffant apporte deffus terre
Ceftui-cy pour l'amour, cêt autre pour la guerre,
Quelquesfois en tous deux ie ne fçay quel deftin,
Qui les met au bon heur ou mal-heur en butin,
Profpere ces deffains, luy procure vne yffuë
Meilleure que fouuent il ne l'aura conceuë,
Sans peine, fans foucy, luy facilite tout,
Ou l'autre ne viendra du plus facile about,
Sa peine pour neant guidé d'vn mauuais aftre,
Cefte falacité ne le fçauroit combattre,
Exemple n'eft befoin d'en rechercher plus loing,
Qu'entre nous, que l'ayant prefte du mefme foing,
Adreffe à mefme obiect pour premier aduantage,

Il tient la foy du pere & nuptial hotage,
Se presume n'auoir compediteur aucun,
Se transforme à cent fronts afin de luy complaire,
Mais qu'il est menacé d'vn puissant aduersaire,
Qu'il est loing de son but, loing d'attendre courant
Nostre belle attalante à mes vœux aspirant;
Possesseur de la pomme en possedant son ame,
L'impudent ce peut bien pourueoir d'vne autre dame
Tenir vne autre route en l'amoureuse mer,
Sa barque en celle-cy s'en va pres d'abismer,
Outre mille baisers de sa bouche succrée,
De sa bouche de roze, en grace consacrée,
Voicy dans vn anneau son courage enchassé,
Voicy pour allumer vn caucaze glacé,
Que sa main delicatte à mis dedans la mienne,
Afin que le voyant d'elle il me resouuienne,
Dieux ! m'en resouuenir, quel besoin d'vn anneau,
Aux yeux & dans le cœur ie porte ce tableau,
Ie le porte engraué d'vne si viue sorte
Qu'il ny a pas moyen que iamais il en sorte.
O bague precieuse, ô du lieu dont tu viens,
Tel ie croy qu'il n'est point sur les bords Indiens,
Qu'vn million de fois ie te baise & rebaise,
Incensible peux-tu receler tant de braise,
Ouy : la diuinité se communique à toy,
Mais n'est-ce pas là bas mon riual que ie voy,
Il n'importe qu'vn peu ie le mette en ceruelle,
Au discours atiltré d'vne flame nouuelle.

Le Duc de Saxe.

D'vn grand contentement vous paroissez remply.

Le Duc de Medine.

Aussi tous mes souhaits les Dieux ont accomply.

Le Duc de Saxe.

Peut eſtre pour me veoir iouyr de la victoire.

Medine.

Vn à moindre peril m'aquiert trop plus de gloire.

Saxe.

Comme quoy de l'amour.

Medine.

L'amour ma couronné,
Sans combattre, & ſi i'ay ſans labeur moiſſonné.

Saxe.

Les preſens deceptis d'amour & de fortune
Ont vne ſimpatie ordinaire & commune,
Nous les penſons tenir quand ils glicent ſoudain,
Et ne nous laiſſent rien que leur trace en la main.

Medine.

Beaucoup ce trompent là qui ne le penſent faire,
Pour s'enyurer d'eſpoir, vice à tous ordinaire.

Saxe.

Si eſt-ce que d'ancrer ces deſirs quelque part,
Eſt ſur l'incertitude & au premier hazard.

Medine.

Ie voudrois quand à moy toute choſe ignorer,
En la ſorte iamais plus trompé n'eſperer.

Saxe.

A quel ſi digne obiect qui d'aiſe vous rauiſſe,
Auez vous depuis peu voüé voſtre ſeruice.

Medine.

Ie craindrois deſcouuert qu'il vous fut ennuyeux,
Et qu'il vous prouoquaſt vn rancueur enuyeux.

Saxe.

Iamais au bien d'autruy ie n'ay porté d'enuie,
Dites moy dont le lieu ou voſtre ame eſt rauie.

Medine.

Axiane eſt la ſaincte à qui mes vœux i'apens,

C'eſt à ſa deïté ſeulle à qui ie les pends,
Ses penſers & les miens ſont pouſſez d'vne organe,
Axiane en moy vit,ie vis en Axiane.

Saxe.

Vous vous trompez autant du nom que de l'effait.

Medine.

Ie ne me trompe point,cela vaut mieux que fait,
Le Roy ne dedira ſa parolle & la ſienne.

Saxe.

Ce qu'il a ja promis,il conuient qui le tienne.

Medine.

Luy donner vn eſpoux qu'elle n'affecte pas,
Ie croy qui l'aymeroit mieux donner au treſpas.

Saxe.

Elle n'affecteroſt vn Prince magnanime,
Qu'affecte tout le monde, & dont on fait eſtime?

Medine.

A ce compte il faudroit que le gouſt depraué
Mal à propos ailleurs eut ſon ame eſclaué.

Saxe.

La beauté d'vn eſprit à vn autre eſgallée,
Oncques ne commettroit cêt erreur ſignalée.

Medine.

M'vſant de preference enuers qui peut venir,
L'eſpée au poing, mon droict ie ſuis preſt maintenir

Saxe.

De ſes conceptions elle n'eſt pas maiſtreſſe,
Il y a le pouuoir d'vn pere qui la preſſe.

Medine.

Et ſi ſa tyrannie elle vouloit tromper,
Faut-il de l'hymenée vne erre anticiper.

Saxe.

Ainſi preſumez vous de ſon honneur habille,

Comme vne ville proye à surprendre facille.
Medine.
Qui le presumeroit ie le ferois mentir,
Mais ie dits que l'erreur elle peut diuertir.
Saxe.
Le vouloir du pouuoir pour ce regard differe.
Medine.
Ie tesmoings toutesfois comme elle me prefere,
Ie porte cêt anneau, qu'encor à son honneur
Ie baise & baiseray mon supréme bon-heur.
Saxe.
Vous luy auez osté à l'impourueu peut-estre,
Ou que d'vn importun elle ainsi ce depestre.
Medine.
Me foudroye le ciel, auant que d'imiter
Ceux qu'importuns ie sçay son repos molester.
Saxe.
I'espere que le temps vuidera la querelle.
Medine.
Adieu vous dites vray, autre affaire m'appelle.
Saxe.
Poinçonné de fureur, de rage & de despit,
Vn affreux desespoir ma vengeance assoupit,
De pensers en pensers, l'occasion me meine,
La nef est sans timon sous ceste ondeuse pleine,
Ie fais feinte de cris au propos d'vn vanteur:
Mais toutesfois helas! ce gage n'est menteur,
Il vient de l'infidelle, il en vient chose seure,
Le rapport de mon page outre cela m'asseure:
Que dois-ie faire dont ce que le Roy m'a dit;
Deuoit elle en ce cas esprouuer mon credit,
Et la trouuant retiue aux promesses d'vn pere,
L'impudente exposer au feu de sa colere:

Le plus expedient me semble en la façon,
Allons nous deliurer de ce preignant soupçon.

Axiane.

Amour, ie beniray ta faueur debonnaire,
Tant que sur nous du iour luira la lampe claire,
Ie vous honnoreray, & vous diray tous deux
En presence de tous le plus benin des dieux;
Vous auez sur le champ ma priere exaucée,
Voltre dextre aussi tolt secourable aduancée,
Reduit dessous mes vœux memorable bonté,
Ce vainqueur qui m'auoit sans armes surmonté,
Ce miracle parfait du ciel & de nature,
Reçeut de ma douleur l'agreable pointure,
Nos cœurs ne sont plus qu'vn, & nul mortel effort
Iamais ne brisera leur mutuel accord;
Comment la des-vnir, si voltre main diuine
Composa l'armonie, & en est l'origine,
La fureur des parens ie ne redoute plus,
Voltre protection ma toute crainte exclus;
Iaçoit que dextrement au temps ie m'acommode,
Iusqu'à ce que mon heur touche à son periode,
Que ie puisse aux cheueux prendre l'occasion,
Et nos amours conduits à leur perfection,
Las, de dissimuler frequent aux belles ames,
Acheue heureusement leurs plus penibles trames,
En l'espace d'vn an que mon dueil doit durer,
Dueil que Pallas me vint secourable inspirer:
Il faut paracheuer mon heureuse entreprise,
O Dieux ! en ce discours il m'a quasi surprise,
Dispose toy ma face à le mieux receuoir,
Qu'il n'en a d'esperance, ains à le deceuoir.

Le Duc de Saxe.

Graces au Ciel ie voy ce pluuieux nuage,

S'ecarter diffipé de voftre beau vifage,
Vos foleils peu à peu reprendre leur clarté,
Fut l'ennuy de mon ame auffi bien arrefté.

Axiane.

Helas! & quel ennuy furuenu vous tourmente.

Saxe.

Croire qu'vn cœur royal à fa promeffe mente.

Axiane.

Ie ne vous entens point.

Saxe.

Non, car l'efprit ailleurs
Vous eft fourd, au recit de mes triftes douleurs.

Axiane.

Encor moins.   Saxe.
Hé, cruelle ? Eft-ce pas trop de feinte,
De tenir ma pauure ame en vos liens eftreinte,
Prendre vn ciecle de terme auant que m'efpoufer,
A vn autre voiiée afin de m'abufer,
Vn qui n'a de vertu autre que l'impudence,
La vantife en la bouche, & au front l'imprudence,
De vos faueurs prodigue, & mefme iufques là,
De me monftrer à moy les erres qu'il en a.

Axiane.

Monfieur, confiderant le naturel de l'homme,
Vous changerez d'aduis, efueillé de ce fomme,
Il vous veut marteler voftre amour recogneu,
Mon cœur au demeurant eft de falace neu,
Ma parolle vn oracle, & l'année accomplie
Blafmez moy de pariure, apres ie vous fupplie.

Saxe.

Ie retire vne part à fa temerité,
Mais fi a-il beaucoup de familiarité,
Beaucoup au pris de moy de licence effrenée,

Que ne deuſt conceder le futur hymenée.

Axiane.

Raiſonnable ie veux vous payer de raiſon,
Et le fiel vous purger de l'amoureux poiſon,
Du port & du viſage à mon germain ſemblable,
Son geſte tout pareil ainſi de voix affable,
Sa conſolation me conſole & me plaiſt,
Ce que d'vn fol eſpoir poſſible ſe repaiſt:
Si i'en penſe autrement, ô Iupiter qui darde
Vn foudre rougiſſant & més œuures regarde.

Saxe.

Madame il me ſuffit, excuſez mon amour,
Ialoux du ciel des Dieux, de la nüict & du iour,
Mon œil inceſſamment fait ſon threſor auare,
Et ne craindroit- il pas qu'vn autre s'en empare,
Il le craint & craindra tant que m'aurez donné
Quelque gage qui ſoit au ſien parengonné.

Axiane.

Dans demain ie le veux.   *Saxe.*
Permets auſſi mauuaiſe
Qu'vn baiſer aduancé modere vn peu ma braiſe.

Axiane.

Voudriez vous mon dueil pollu recommencer.

Saxe.

Hé, pour vn iour faut- il ſi long temps treſpaſſer?

Axiane.

Le temps coulle leger.   *Saxe.*
A qui n'a point de flame,
A qui n'a point de maux & deceptifs en l'ame.

Axiane.

Vous vous diſpenſerez pour l'heure d'vn adieu

Saxe.

Ie vy content, pourucu que la promeſſe ait lieu.

Axiane.

Axiane.

N'en doutez nullement.   *Saxe.*

Adieu belle Deesse,
Las, mon ame s'enfuit ! idolatre & me laisse,
Ie trespasse, ie meurs, ta lumiere perdant,
De ces soleils Bessons tournez en l'Occident.

Acte quatriesme.

Le Duc de Medine, Axiane, Le Roy.
Le Conseiller, La Nourrice.

Le Duc de Medine.

N Vict espineuse nuict à la fin souhaitée,
Tu recache ton ombre en la nuict estoillée,

Tu fais place à l'aurore,& l'aurore au Soleil,
Dés que les oyſillons annoncent le reſueil,
Voicy l'heure qui doit me rendre bien-heurée
Auprés de la beauté que i'inuoque adorée,
Son mandement receu me ſomme de la voir,
Dieux ! quel rang luy pourroit denier ce deuoir,
Et puis cent mille fois ſa precieuſe idée
Preſente,ramentoit la charge commandée,
Au milieu du ſilence,alors que chacun dort,
L'ardeur de la reuoir me tuë en cêt effort,
Et à chaque moment de la nuict ſolitaire
Me iettant hors du lict ie le voulois parfaire.
O Amour ie ne croy tes dards trouuez ailleurs
Que dans l'impatience,allumant mes chaleurs;
Ie faux ce n'eſt pas toy, ce ſont pluſtoſt tes armes,
C'eſt pluſtoſt, c'eſt pluſtoſt l'infiny de tes charmes;
Vne langue qui fait le nectar decouler,
Vn œil à qui tes feux on void eſtinceler,
Vn entretien mignard,vne grace en tes geſtes,
Voila l'aimant qui peut attirer les celeſtes,
Les attirer pres d'elle auec plus de plaiſirs,
Que ceux-là que la haut contentent nos deſirs,
Les plaiſirs ſont bié grāds puis que ſans plus de l'ōbre
Mille rememorant i'en recueille ſans nombre,
Allons trouuer recours dans la ſource puiſer,
Source qui croit ma ſoif au lieu de l'apaiſer,
Source qui me detient Tantalle entre les ondes,
Ne fait qu'vn peu moüiller mes leures vagabondes,
Car de ſimples baiſers ſuffiſans ne ſont pas
D'entierement guerir mon amoureux treſpas,
Il faudroit il faudroit ce que ie n'oze dire
O Ciel ie voy de loing mon eſtoille reluire,
Auſpice fortuné du voyage entrepris,

Madame quelque foing embroüille vos efprits,
Sur le ferain troublé du Ciel de ce vifage,
Fizionome expert ie iette mon prefage.

Axiane.

Vrayment de ce cofté vous ne vous trompez point,
Vn foucy, mais de peu m'importune & me poinct.

Le Duc de Medine.

Quel qu'il foit permetez qu'au moins i'y participe.

Axiane.

L'équité vous l'enioinct en eftant le principe.

Medine.

Que differez vous donc de me le reueler.

Axiane.

Ne vous ay-ie pas dit qu'il ne vaut le parler.

Medine.

Hé Dieux vous me tuez, fut-il encore moindre.

Axiane.

Hier le Duc de Saxe en fureur me vint ioindre
Se plaignant des faueurs que ie vous conferois,
Que la fable commune en fin ie le faifois,
Adioufte que l'affront ne luy cuiroit pas tant,
Si i'alois à quelqu'vn mes faueurs departant
Qui les prodigua mieux, & eut plus de meritte,
Mais à vn indifcret à vne ame ypocritte,
Qu'ain fi ne foit dit-il, au doigt il ma monftré,
De merueille immobile & de douleur outré,
Voftre amour engrauée à vn anneau qu'il porte
Là deffus au moins mal d'efpoir ie le conforte,
L'affeure du contraire, & que telle amitié
Ne tendoit de iamais vous faire ma moitié,
Bien que de mon germain vous voyant vne image
L'afpect de fa femblance allegeoit mon veufuage,
Excufe qu'il a pris en payment au depart,

Pourueu, car ie me fuis fans toy mis en hazard
De certaine promeffe.

Medme.

Hé croyez vous Madame?
Or qu'en voftre promeffe il allaft de mon ame,
Oncques eftre dedite, acheuez acheuez,
Refte vn point deffur moy tout apres vous ponuez.

Axiane.

Hé? quel ma vie,

Medme.

Ordonnant que plus ie vous aime.

Axiane.

Tu peux en mon endroit te preualloir de mefme.

Medme.

Tant y a,

Axiane.

Que l'aboy de ce maftin d'Enfer
Auec quelque prefent ie defire eftouffer,
Affeuré d'yne chaine.

Medme.

O chofe apropriée,
Qu'entre tous les prefens vous auez bien triée,
Vne chaine donner à ce fol enuieux,
A ce Titan qui veut par force entrer aux cieux.

Axiane.

Ton congé m'abfoudra du crime de pariure.

Medme.

De me la faire veoir premier ie vous coniure.

Axiane.

Ie vay te la querir.

Medme.

Icy de fon plein gré
Fortune à ma vengeance efleue vn beau degré.

Vſant d'vn petit tour de fraude, de cautelle,
L'ambition riuale eſt ſa trouppe mortelle,
Le mal-heureux deualle aux gouffres de Pluton,
Couronnant ces labeurs par les mains d'Alecton,
Iaçoit que le deſſain viendroit de perfidie,
Autrement attenté que d'vne ame hardie,
D'vn qui deſſus le champ punit les ennemis,
Quand l'honneur par la force ouuerte la permis,
Qui ne craint le ſcandalle, & non le ſort des armes,
Exemplaire tremeur des plus braues gendarmes,
Mot, la voicy venir, tenons le cas ſecret,
Pour le faire mentir du tiltre d'indiſcret.

Axiane.

Que veut ce changement, voſtre face apalie,
M'imprime de la crainte & i'en ſuis treſſaillie.

Medine.

Si n'ay-ie ſentiment de quelconque douleur
Baſtante à m'atirer la premiere coulleur.

Axiane.

Voicy ce beau preſent qu'au Saxon ie deſtine.

Medine.

Peut ſortir rien de laid d'vne dextre diuine,
Ie la trouue admirable, & ſi ie ne craignois.

Axiane.

Que craindrois-tu de qui l'amitié tu cognois.

Medine.

Vne heure pour le moins me preſtant ce modelle,
Vous nous obligerez de faueur mutnelle.

Axiane.

Qui ne tienne à cela que tu ne ſois content,
De me la raporter neantmoins proteſtant.

Medine.

Ie vous iure ma foy la rendre dans vne heure,

Defirez vous de moy de promeffe plus feure.
Axiane.
Non, nous n'auons qu'vn point deformais à vuider.
Medine.
Et quoy , que voulez vous de plus me commander?
Axiane.
Que tu vueilles vn peu luy parlant d'auenture
Refferrer nos fecrets , & forcer ta nature.
Medine.
Me pallier mon heur deuant tous les humains,
Há ces commandemens me font trop inhumains,
Ie marche d'vn tel pied, d'vn fi chafte courage
Qu'a ma foy le taifant, ie penfe faire outrage
Que le lafche qu'il eft entendant mon difcours,
Deuoit auoir au fer non aux plaintes recours;
Mais retenu du frain de voftre volonté,
Ie fuiray fa hantife à mon defir dompté.
Axiane.
Demain tu me verras à l'heure accouftumée
T'atendant feulle expres en ma chambre enfermée.
Medine.
Pendant ce cruel temps & ce fiecle d'ennuis,
Allegez d'vn baifer ce que mieux ie ne puis.
Axiane.
Ton importunité toufiours me les arrache.
Medine.
Qu'a tort vous me pleignez vn fi foible relache.
Axiane.
Or fus à point nommé ne faux point d'y venir.
Medine.
Si ie faux ne manquez coulpable à me punir.
Le Roy & le Confeiller.
Tout cela n'eft rien dit, la courfe des années

M'a ces illusions en coustumes tournées,
Ie fais si peu d'estat des songes iournalliers,
Qu'il ne m'en resouuient, & me sont familiers,
L'effroy ne m'a point pris au milieu des batailles,
Ou les champs gemissoient remplis de funerailles,
Ou Bellonne couroit ceinte d'vn rouge foüet,
La dextre dans le sang des combattans lauoit,
Parmy l'infinité des visions nocturnes,
Aucunes sont des maux courrieres importunes,
Autres à nos esprits se forgent à plaisir,
Comme vous pouuez bien ces nuages choisir,
La figure tantost d'vne Fée effroyable,
Tantost d'vn trespassé la face larmoyable,
D'vn Dragon qui s'èlance à l'Hidre ressemblant,
Bref, d'obiects fantastics ainsi le faux semblant,
Selon que les humeurs de nostre fresle masse
Penchent intemperez en leur substance grasse,
Mon songe n'est touché de leur contagion,
Et c'est pourquoy i'y mets plus de religion,
Plus de ferme croyance & de glaceuse crainte,
Son image à mes yeux incessamment emprainte.

Le Conseiller.

Qu'elle fureur troubloit vos sommeilleux esprits.

Le Roy.

D'vn somme bien profond iè n'estois pas espris,
Qu'enuiron le matin que le bouuier de l'Ourse
Est prest de racheuer sa paresseuse course,
Lors il me sembloit voir deux grands Lyons flotans,
Dans leur sang sur la plaine ondoyant côme estangs,
S'entr'occire l'vn l'autre, & ma fille chetiue
Estenduë au milieu de la parque captiue,
Ie remuë son corps en l'vne & l'autre part,

Au fecours appellé, la diligence & l'art,
Sans fruict, & fi pourtant ne paroiffoit bleffeure,
Onc fur elle entamé de cruelle morfure,
E fperdu de douleur lamentant gemiffant,
Mon fonge va de moy foudain difparoiffant,
Me laiffant tout moüillé de fueur & de larmes,
Reiterant depuis ces premieres alarmes.

        Le Confeiller.

L'extréme affection que l'on porte à fon fang,
De telles pleurs fouuent nous pointelle le flanc,
Sire, ie prie aux Dieux que le mal-heur ne plonge
Sur les voftres iamais, autrement que par fonge.

        Le Roy.

Les fonges aux mortels maint encombre ont predit,

        Le Confeiller.

Deftourner le futur à l'homme eft interdit.

        Le Roy.

Si des langueurs du corps ils s'exemptent preuenës,
Comment ne les peur-il en ces miferes veuës.

        Le Confeiller.

Il les void, mais comment, au trauers d'vn bandeau,
Qui ne luy fait finon que gefner le cerueau,

        Le Roy.

Du moins appaifent-ils les Dieux par la priere.

        Le Confeiller.

Auffi certes auffi c'eft l'vnique maniere,
C'eft le fruict que l'on peut des fonges recueillir,
Pour obuier au mal qui nous vient affaillir.

        Le Roy.

Difpofons nous y donc que les autels on pare,
Allez, que cent autels de victime on prepare,
Tout foit purifié, tout foit preft ce matin,
Pour pouuoir efchapper la rigueur du deftin,

Et rendre à Iupiter nos vœux & noſtre offrande,
Tel comme ſa grandeur le requiert & commande.
Le Conſeiller.
Sire,ie manderay vers voſtre maieſté
Ce qui ſera dans peu au miſtere apreſté.
Le Duc de Medine.
Courage mon eſprit batu d’vne tourmente,
Surgit malgré l’effort de ſa rage eſcumante,
Au haure deſirable, il atrape le bord,
Du ſepulchre riual ne vaut pas mieux que mort;
Voicy voicy le piege, ou ſa vie aguettée
Sans eſpoir de retour,tombe precipitée,
Voicy de ſon amour le gage precienx,
Qui luy vient deſrober la lumiere des cieux:
Les colchides ſecrets ont vomy ceſte chaine
De ſon odeur on court à la parque ſupréme,
Dont il reſte trempé dans le ſtix en naiſſant,]
Contre elle il ny a point de remede puiſſant:
O rare inuention, ô celeſte artifice!
O preſent, que tu fais vn agreable office
A madame & à moy,que tu nous es benin,
Par toy ie iouys ſeul de ſon œil ebeſnin,
Par toy ſon innocence entiere conſeruée,
Des griffes de ce monſtre elle ſera ſauuée,
Par toy le joug d’vn pere inique à ſecoüé,
Et ſi ie ne me ſuis l’inuentant que ioüé,
L’inuenté, há que dy-ie ! Amour de la victoire
De ce mien ennemy ie te cede la gloire?
De droit elle appartient à ton diuin pouuoir,
Qui facile ma fait le deſir conceuoir,
I’atteſte neantmoins & l’vne & l’autre bende
De tous les autres Dieux à qui Iupin commande:
Ie les prens à teſmoings derechef derechef,

Menteur les suppliant de m'escraser le chef
Qu'vne coüarde peur ne m'a rendu perfide,
Que ie ne luy tens point ce cordage homicide,
Abattu de courage ou craintif d'vn hazard,
Ou chacun de nous d'eux peult disputer sa part,
Que croyant obtenir ce bon-heur de son pere
Ma lame eut preuenu ce poison mortifere,
La contrainte m'absoud de ce lasche forfait,
Et tout autre en ma place, eut le semblable fait,
Que veux-ie plus tarder que ie ne la reporte,
Mais voicy sa Nourrice arriuer à ma porte,
Il me la conuient donc instruire & deuancer
De peur que ce poison ne la puisse offencer.

La Nourrice.

Madame desirant maintenir sa promesse
Mesme que l'importun de ce faire la presse,
Vous coniure la chaine à mes mains redonner,
Qu'au Saxon ie la porte auant que retourner.

Medine.

Ie meure de ce pas si ie ne l'allois rendre,
Et me fasche beaucoup de l'auoir fait attendre,
Nourrice conte moy de son bon portement.

La Nourrice.

Il ne reste qu'vn point de son contentement,
Vous le rememorer, c'est chose superfluë.

Medine.

Bien, nostre penitence autant vault reuoluë,
I'espere que le temps à peu de iours d'Icy
Me tirera de peine, & elle de soucy.

La Nourrice.

Ce ne sera si tost comme ie le desire.

Medine.

Mais plustost que l'espoir ne nous le fait reluire.

La Nourrice.

Tant mieux me voulez vous auant que de partir.

Medine.

Ouy, d'vn cas d'importance & leger aduertir.

La Nourrice.

Important & leger la flame auec la glace.

Medine.

C'est qu'en nœuds amoureux ceste chaine s'enlace,
Forme en laquelle veut la Princesse tromper
L'ennemy de son bien, qui la cuide piper,
Forme qu'a ces soupçons de barriere elle oppose,
Forme qui d'vn secret d'auantage est enclose,
Ne le dire iamais à nuly quel qu'il soit,
La curiosité au surplus nous deçoit,
A l'extréme offencé est vn apas d'enuie,
Garde bien de le dire aux despens de ta vie,
De la deuelopper, ny mesme l'adorer,
Ce qu'en te la rendant ie te somme iurer.

La Nourrice.

Fiez vous sur ma foy, comment la main vous tremble.

Medine.

Trembler, à quel suiect ; c'est qu'ainsi il te semble?

La Nourrice.

Vos yeux sont esgarez, vostre face blesmit,
Et mon cœur vous voyant en la sorte fremit.

Medine.

La croyance tu tiens en l'erreur de Panthée,
Adieu, ie crains t'auoir trop long temps arrestée,
Tien moy recommandé vers Madame, & retien
Ce que ie t'ay prié de faire pour ton bien,

La Nourrice.

Ie n'y manqueray pas, qu'elle glace enuironne,
Mes sens confus d'horreur, douteuse ie soupçonne,

I'aprehende du mal en ce prefent caché,
Pour neant d'affeuré fon gefte il à caché,
Sa langue fouruoyoit de parolle en parolle,
Dieux! faites que ma peur ce termine en friuolle,
I'ouurirois le paquet, non il ne le faut pas,
I'acompliray ma charge en redoublant le pas.

Acte cinqiefme.

Le Duc de Saxe, Axiane, Le Roy, le Duc de Medine,
la Nourrice, le Page, le Confeiller.

Le Duc de Saxe.

R Auy d'ame & de corps ie ne suis plus au monde,
V ne felicité qui n'a point de seconde,
Me transporte de moy, mortel me fait gouster,
Le nectar immortel que gouste Iupiter,
Qu'il gouste deuallé de la voulte celeste,
Pour iouyr d'vne ioye entierement parfaite,
Beau gage tout diuin t'ozeray-ie toucher,
Ozeray-ie ces mains prophanes aprocher,
Ozay-ie qu'a genoux de ces reliques saintes,
Qui tarissent mes pleurs, qui tarissent mes plaintes,

Contempler leur merueille & deſſus vn autel
Mortel ne leur pas faire vn honneur immortel,
Ie le d'euſſe n'eſtoit l'impatiente ardeur,
Qui me force de veoir le Soleil de mon cœur,
Enhardy toy mon cœur, leue la couuerture,
Há l'ouurage ſurpaſſe & l'art & la nature,
Le forgeron des Dieux ou vn plus ſuffiſant
A fait de ceſte chaine à l'Amour vn preſent,
Pour lier l'vniuers au ioug de ſon Empire,
Mais cruelle pourtant tu le ſçeus mal eſlire,
A moy tu ne deuois enuoyer ces liens,
Qui dedans tes beaux yeux trop enchaînez tu tiens,
Qui ſuis trop garrotté caritte des carittes,
De ta grace ſans nombre & d'infinies merites,
Que ta bouche ne l'ait cöiffirmée auec eux,
Qu'elle m'ait dedié ce ioyau precieux,
Ie l'en veux ſupplier : Vne diuinité
N'acuſe point nos vœux ſans importunité,
Veu qu'elle le tiendroit trop tard rememorée
Du preſent, dont ie voy la faueur ſuppliée:
Cours Page viſtement la Princeſſe aduertir,
Que ie l'attens icy, há ie la voy ſortir,
Il n'en eſt de beſoin ſeulle ie la deſire,
Ne me ſuy que de loing & à l'eſcart te tire.

Axiane.

Vous n'auez plus ſuiet de vous plaindre de moy,
Immuable en parolle & quitte de ma foy,
Voyez ſi i'ay manqué, ſi à temps ſoupçonnée,
Ie pourray plus pour vous attendant l'hymenée.

Saxe.

Princeſſe, trois raiſons me conduiſent icy,
La premiere eſt afin de vous crier mercy,
Vous rendre du preſent vne grace immortelle:

Le ſecond lieu poſſede, & la troiſieſme eſt telle
Pour immortaliſer ſe ſignalé bien-fait,
Ie ne deſguiſe rien de croyance imparfait,
Vous plaiſe d'vn baiſer l'honorer la premiere,
Grauer de voſtre amour ſur luy le carractere,
Qu'apres ie l'idolaſtre & chaque heure cent fois
Reclame ſa vertu diuine à haute vois,
Que n'ayant le credit de baiſer ceſte bouche
Ie l'aye de baiſer au moins ce qu'elle touche,
Madame ie promets de ce veu ioüyſſant,
Attendre ſatisfait de ce dueil finiſſant.

Axiane.

Há vrayement ie le veux ? donnez que ie la baiſé,
D'vn courage auſsi pur que i'affecte voſtre aiſe.

Saxe.

O ! moy le plus heureux qui ſoit deſſous le Ciel,
O ! baiſer tout confit & de manne & de miel,
Baiſers mal departis à ceux qui n'ont point d'ame,
Que cent fois ie vous baiſe, allegeant de ma flame,
Que ie cueille bons Dieux ce qu'elle y a laiſſé,
D'vne teſte enclinée, & d'vn genoüil baiſſé,
De ce baiſer icy, & de cêt autre encore,
O mouuement ſacré il faut que ie t'adore,
Mouuement eternel à toute eternité,
Mouuement conſacré à ma fidelité,
Telle qu'vne Cypris à ma conſtance donne,
Ains deſſus mon riual vainquereſſe couronne,
Il ne brauera plus d'vn friuolle preſent
De le muer en roc ceſtui-cy ſuffiſant:
Sus, que ie vous rebaiſe ô relique ſacrée,
Comme d'vn nouueau feu l'ame tu me recrée,
Leur charme empoiſõné n'eſt que charme & qu'apas,
Mon corps debilité chancelle ſous mes pas,

Madame ſecourez auant que ie treſpaſſe
D'vn baiſer à moy propre, hé ? ſecourez de grace.
Axiane.
Refrenez ie vous pry ces diſcours forcenez,
De qu'elle ſorte helas! les yeux vous contournez.
Saxe.
Ne penſez pas icy faire de la rebelle
I'vſeray de mes droicts.
Axiane.
O fortune cruelle,
O eſtrange accident: Page, Nourrice, amis.
Saxe.
Ie le veux en deſpit de tous mes ennemis.
Axiane.
Secourez ce Seigneur qu'vn poiſon vient de prendre.
Saxe.
Depeſchez viſtement, ie ne puis plus attendre.
Axiane.
Hé reuenez monſieur, ou eſt voſtre raiſon.
Saxe.
Vos longues cruautez la tiennent en priſon,
D'où elle ſortira, où ie perdray la vie,
Mais d'ou vient que ce fait recule à mon enuie,
Que la vigueur me mâque, & que mes feux troublez
Sont fantaſtiquement de chimeres troublez.
Le Nourrice.
Au ſon de voſtre voix gemiſſante entenduë,
Ie cours, Dieux qu'auez vous ! palliſſante & eſmeuë.
Axiane.
Las! vn venin ſubit en la chaine caché,
C'eſt à luy par l'erreur furieux attaché,
Il meurt, & de bien pres i'eſpere de le ſuiure,
Qui vn meſme treſpas la meſme chaine liure.

Saxe.

Saxe.

Adieu Madame adieu, ie vay quitter le iour,
Vn trespas violent guerdonne mon amour,
Voſtre preſent fatal à l'Acheron m'enuoye,
Et content & heureux me prepare la voye.

Axiane.

Hé Nourrice il treſpaſſe, il ni a plus d'eſpoir,
Le vermeil de ſon front ſe plombe & deuient noir,
L'extrémité luy eſt des membres refroidie,
La trame de ces iours la chaine à deſourdie,
Il a vomy ſon ame en ce ſanglot dernier,
Las, vne glace autant il vaudroit manier,
Moy ie le ſuy de pres, mande mon triſte pere,
Qu'auant que de mourir ie baiſe ſa main chere.

La Nourrice.

Le miſerable ſort, Madame excuſez moy,
Si ie n'attens ſa face, & me ſauue d'effroy.

Le Roy.

Quelle rumeur ma fille en voſtre chambre eſmeuë,
Qui n'agueres à frappé mon oreille cheſnuë.
Hé quoy ? vous chancelez ſur vn corps treſpaſſé,
Dites moy qui vous a cêt eſclandre braſſé,
La douleur qui vous tient, & ce que ie doy faire,
A l'extréme peril de ce douteux affaire.

Axiane.

Pour l'apprendre de moy vous arriuez trop tard,
L'impiteuſe Cloton me preſſe de ſon dard,
Ie voy le vieil nocher de la riue oppreſſée
Trauerſer deuers moy ſa barque my-froiſſée:
Sire; ce que ie puis vous dire auant ma mort,
Ie perds, en me perdant vn nuptial accord,
Vne ardante amitié ailleurs i'auois poſée,
Vn cercueil à la fin m'a chetiue eſpouſée:

D

L'impudent qui penſoit n'empoiſonner, ialoux
Qu'vn riual m'engloutit au feu de ſon courroux,
Ne vous en vengez point, le remors de ſon crime
Me fait plus de pitié que le mal qui m'oprime,
Qu'il ſouffre ſurniuant des ſupplices plus doux
Que Pluton n'en cognoit au feu de ſon courroux,
Adieu, ne tourmentez voſtre caulte vieilleſſe,
Adieu! la voix me faut, pour iamais ie vous laiſſe.

Le Roy.

Ma fille, mon ſupport, mon vnique ſoucy!
A mes bras, à mes yeux, doncques tu meurs ainſi,
Tu meurs ſans me nommer le meurtrier perfide,
Qui vous pouſſe tous deux au creux Acherontides
Facond Scilenien qui les ombres conduits,
Et les peux reuoquer des auernalles nuits,
Arreſte encore vn peu ſa belle ame fuitiue,
Ne permets que ſi toſt en l'erebe elle arriue,
Pluſtoſt que i'aye ſçeu le meurtrier de ſon ſang,
Et d'vn Prince innocent, qui tient le premier rang:
Helas! ie prie en vain, elle eſt deſia partie,
Sa vitalle lumiere eſt du tout amortie,
O! ma fille, ô ma fille! en quel dedalle ombreux
De ſouſpirs, de ſanglots, & de pleurs encombreux,
Tu me laiſſe plongé, mais ou eſt ſa Nourrice,
Son abſence la rend de l'attentat complice,
Qu'on la cherche par tout, & fut elle aux enfers,
Qu'on me l'ameine icy, qu'on la charge de fers.

Le Conſeiller.

Sire, aucun ne peut mieux deueloper ce doute,
Voſtre fureur coulpable ou non elle redoute,
Cauſe qu'elle aura fuy ſon premier feu qui pert
En vn dueil ſi preignant ce qui luy eſt offert:
Les gens du Duc auſſi pourroient en teſmoignage

Confrontez vous feruir, & mefmement vn Page
Auquel il fe fioit en fecrets importans,
La verité fe tire aifément des enfans.

Le Roy.
Amenez, & fur qui fera la coniecture
Tournee tant foit peu pour mettre en la torture,
Depefchez ce pendant qu'en vn fleuue de pleurs
Ie me transformeray , foufpirant mes douleurs,
Pleurs dont i'arouferay ta face trefpaffée,
Pleurs que ie mefleray d'vne tendre embraffée,
Cher image de moy qu'inhumain i'ay deffait,
Par l'outrage cruel à ta volonté fait,
Pardonne moy ma vie, helas ! helas pardonne
A ton vieil geniteur fon iniure felonne.

Le Confeiller.
Que voftre Maiefté face treuue aux regrets,
Pour eftre examinez l'vn & l'autre font prefts.

Le Roy.
Viença leue les yeux infernalle furie,
N'as-tu pas de poifon ta maiftreffe meurtrie,
Ie fçay voftre complot,& ne refte finon
Que de ce corrupteur ie cognoiffe le nom,
Voyez que fous-riant elle fait la ruzée,
Dites, n'attendez pas la gefne preparée.

La Nourrice.
Há Sire ? vn tel foucy de l'innocence vient,
Et ne demonftre pas ce que le cœur contient,
Vous m'inferez vn crime, vn crime que i'ignore,
Les Dieux m'en font tefmoings autãt que ie l'aborre,
Si ie fçay du poifon,ny comme il eft venu,
Si en quelque façon la main i'y ay tenu,
Si Madame ne m'à deuant vous excufée,

D 2

Qu’au lieu d’vne ie fois à mille morts donnée,
Encor se fera peu, & vous n’en sçauez pas
Punissant la façon d’vn sortable compas.

Le Roy.

De franche volonté le poison tu confesse,
Sans sçauoir dont il vient, ô absurde finesse.

La Nourrice.

Ie le pris tout ainsi que faire vous pourriez.

Le Roy.

O Cieux ! & à quand sont vos foudres preparez,
Qu’ils n’ont desia broyé ceste pariure teste,
Dy ta presomption, puis nous verrons du reste.

La Nourrice.

I’estimerois le Duc de Medine ialoux
Que Madame c’estoit destinée pour espoux,
Autheur de ce meschef.

Le Roy.

Deduy nous donc la chose,
Depuis son origine, & plus claire l’expose.

La Nourrice.

Nottez que la deffuncte, afin de contenter
L’importun Duc de Saxe, & ne vous contrister,
Elle qui ne l’aimoit que sinon que par feinte,
A luy faire present d’vne chaine contrainte,
Premier la communique à son competiteur,
Ie dits le Medinois, car ce n’estoit qu’vn cœur,
Il le trouue fort bon la notte de ce faire
Desirant le soupçon de leur feu leur distraire,
La prie seullement pour vouloir retenir,
Vn portrait de la chaine vne heure la tenir,
Demande qu’elle accorde ignorant la malice,
Que couuoit en son cœur ce cauteleux Vlice,
Malice que de luy ie n’eusse soupçonné,

Ne m'en ayant iamais les indices donné,
Au bout du temps ie fus par Madame tranfmife
De la luy raporter, fi qu'a mes mains remife,
Le Page que voyez ie trouue qui la prend,
Et felon fa promeffe à fon maiftre la rend;
Informez-le depuis s'il en a cognoiffance,
Sa depofition fait pour mon innocence.

Le Roy.

Viença, ce qu'elle dit contient-il verité,
Refpond laiffant à part toute timidité,
Qui n'a point fait de mal n'a que faire de craindre,
Portas-tu le prefent, où fi c'eft vne feinte?

Le Page.

Sire ie le portay.

Le Roy.

Que fit ton maiftre apres?

Le Page.

Il vint, moy le fuyuant, dans le Palais expres
Humble remercier Madame vôftre fille.

Le Roy.

O! pitoyable nom, ô deferte famille:
Leur tefmoignage helas! reuient, le conferant,
Ces propos obfcurcis reuelez en mourant,
Le traitre empoifonneur, le mefchant, l'infidelle,
N'a complice que luy, & c'eft homme ny elle,
Impudens n'ont peché, mais le voicy venir,
Pourrois-ie mon courroux tellement contenir,
Que d'abord fous mes pieds ce monftre ie ne creue,
Mon cœur en le voyant dans mon fang fe fouleue,
Le fang me monte au front de rancueur allumé,
Rancueur qui le deuroit auoir jà confommé:
Há pariure? ha mefchant, empoifonneur infame,
Qu'elle rage d'enfer te fouffle dedans l'ame;

Tout ce qu'à de cruel l'extréme cruauté,
Tout ce qui est supréme à la desloyauté,
L'acte le plus meschant, l'acte le plus énorme,
Qu'oncques Fée commit dessous humaine forme,
Viens-tu voir inhumain ton chef d'œuure parfait,
Il ne l'est pas encor il te reste vn effait,
Faut ègorger le pere apres sa geniture,
Aussi bien ne veut-il plus que la sepulture,
Ce sera pieté, tu ne pecheras point,
Luy ostant la douleur qui sans cesse le point,
Pire que mille morts, & mille coups d'espee,
Que le fatal venin qui leur trame as couppee,
Depesche ie te tens le gosier sillonné,
Et ce meurtre dernier te sera pardonné;
Mais parauant dy moy la source de ta haine,
Qui te fait vers mon sang l'ame tant inhumaine,
Est-ce pour recompense, & pour le beau loyer,
D'auoir à vn espoux preferé son meurtrier.

Le Duc de Medine.

Sire, l'occasion de ma triste venuë,
Iusqu'à l'extrémité ne vous sera cogneuë,
Excuses enuers vous ie ne sçaurois vser,
S'excuser sy coulpable, est plustost s'acuser;
Ie ne reietteray dessus les destinées
Par vn contraire point nos actions bornées,
Aucunesfois d'vn bien vn mal peut resulter,
Sur elle ie ne veux ma perte refuter,
D'vn tresor que cuidant seul posseder auare,
Au pouuoir deliuré de la parque barbare.
Las! c'est ma plus grand faute, il faloit au combat
Vuider (quoy qu'il en vint) nostre amoureux debat:
Tu viurois Axiane, & ma dextre eschauffée
De ce pris glorieux t'obtiendroit le trophée:

Les Dieux n'ont pas voulu ni mon mauuais destin
A ton exemple faire vn hymen claudestin,
Quiconque aura desir que le siecle prospere
A ton exemple aussi, qu'vn equitable pere,
Tente la volonté de son enfant premier,
Qu'à vn ioug inégal son courage lier.

Le Roy.

C'est donc l'occasion de Σoyal qui t'ameine,
Tu veux l'authorité abreger souueraine,
Des parens sous leur race & nous abstraindre à ceux
Qui ont par nous du iour la lumiere reçeuz.

Le Duc de Medine.

Sire, pardonnez moy ce propos temeraire,
Ie m'en vay la raison de tous mes crimes faire,
Ie m'en vay vous monstrer si i'ayme vostre sang,
Et si pour luy mon cœur de trahison fut franc,
Que ce coup percera, resolu de la suiure;
Encor que la fuyant ie ne la puis suruiure,
Adieu : Ne vous vengez sur ce corps trespassé,
Luy concedant l'honneur d'vn sepulchre glassé.

Le Roy.

O ! spectacle hideux, horrible & detestable,
O ! coup prodigieux, ô meurtre espouuentable!
Ains que l'apperceuoir il c'est donné la mort!
O courage vrayment & genereux & fort,
O Amour ! ô fureur, à l'vniuers funeste,
O de tous les humains figure d'vne peste;
Ie ne me prens qu'a toy de ce meurtre commis,
Tu es seul, tu es seul cause de mes ennuis:
Tu as empoisonné ma fille miserable,
De la mort de ces deux, meschant tu es coupable,
Encore si le sort de Prian m'obtenoit,
Si quelqu'vn sur le champ ègorger me venoit,

C'est orphelin de ma race, vn secoüable Pirrhe
Fut tresbucher ma vie auecques mon Empire,
Ie ne serois helas! ainsi comme ie suis
Desplorable sur tous de misere & d'ennuis.

Le Conseiller.

Sire, aux grands accidents il faut vn grand courage,
Et ainsi qu'vn Pilotte expert attaint l'orage,
De moments en moments, prest à luy resister,
Les Monarques constans soient prests à le dompter,
Eux qui sont plus suiects qu'vne innoble commune,
Au reuers perilleux de l'aueugle Fortune:
Prenez donc patience, & armé de raison,
Procurez à ces corps leur derniere maison.

Le Roy.

O! miserable pompe, ô miserable cure,
Voila doncques l'hymen changé en sepulture,
Nous auons bien changé nos liesses en pleurs,
Las! que ne vient la mort abreger mes douleurs,
Et que voulez vous plus qu'en ce monde ie face,
Priué de mes plaisirs, & priué de ma race,
Permettez permettez, ô destins ennemis,
Permettez maintenant qu'auec eux ie sois mis,
Ie le dits d'vn bon cœur, & qu'vn iour ma pauure ame
Les puisse voir en bref, enclos sous mesme lame.

FIN.

Enregistrée le huictiesme iour de
Decembre, mil six cens treize.

TRAGEDIE FRAN-

COISE D'VN MORE CRVEL ENVERS SON SEIGNEVR NOM-mé Riuiery, Gentil homme Espagnol sa Damoiselle & ses Enfans.

A ROVEN.

Chez Abraham Cousturier, Libraire tenant sa bouti-que au bout debas de la ruë Escuyere.

www.ingramcontent.com/pod-product-compliance
Ingram Content Group UK Ltd.
Pitfield, Milton Keynes, MK11 3LW, UK
UKHW022151070726
13613UKWH00003B/1476